Table des matières

Le petit Chaperon Rouge

Il était une fois, une gentille petite fille appelée : le petit
Chaperon rouge.

Un beau matin, sa mère ayant fait des galettes, pria l'enfant de se rendre chez sa grand-mère, pour lui en apporter quelques-unes.

— Ne t'arrête pas en chemin, ma chérie, dit la mère en remettant un panier plein à sa fille, les bois ne sont pas très sûrs.

Chaperon rouge promit d'être la prudence même.

La forêt qu'elle traversait était un enchantement : ses amis les oiseaux, les écureuils et Mimie, la souris, lui faisaient fête.

Chaperon rouge chantait à pleine voix.

Soudain, Mimie la tira par la cape, et Chaperon rouge s'arrêta net de chanter. Un loup se trouvait devant elle.

— Bonjour, dit-il avec courtoisie, où vas-tu Chaperon rouge ainsi chargée?

— Chez ma grand-mère; ce n'est pas loin.

Le loup l'ayant poliment saluée, Chaperon rouge le
regarda s'éloigner, et apercevant des fleurs, résolut d'en
ramasser quelques-unes pour en composer un bouquet.
Sa grand-mère aimait tellement les fleurs !

Mimie, en revanche, se montrait inquiète. Elle le dit :

— Chaperon, je n'aime pas cette rencontre.

— Bah ! dit la fillette, il est parti tout de suite.

Comme pour donner raison à Mimie, un chasseur sur-
git vivement d'un taillis, et s'adressant à la fillette :

— Bonjour petite, as-tu vu un loup? Je le cherche.

— Oui, répondit l'enfant. Il a été très poli et il s'en
est allé.

— Tu as de la chance, déclara l'homme; il aurait pu
t'attaquer. Va vite rendre visite à ta bonne grand-mère.

Pendant ce temps, qu'avait fait notre loup? Il s'était rendu chez la grand-mère de l'enfant, avait heurté à la porte et était entré. Puis, comme il avait grand-faim, et ne laissant pas le temps à la pauvre femme d'appeler au secours, il l'avait dévorée.

Alors, il s'était coiffé du bonnet de la vieille femme et s'était couché dans le lit, attendant Chaperon.

Quand l'enfant arriva, elle s'étonna :

— Quelles oreilles !

— Ouais !

— Quels yeux, bonne-maman !

— Je te vois mieux.

— Quelles mains !

— C'est vrai, ma foi ; c'est pour t'étreindre. Approche.

La fillette s'avança ;

— Quelles dents ! Enormes !

Des dents! Je pense! Des crocs, oui et prêts à déchiqueter la malheureuse qui fit quelques pas vers son destin.

— Miam! Miam! Dévorée, la petite... en un temps record!

Si le loup était content? Vous pouvez m'en croire. Pareille aubaine ne lui était pas arrivée depuis bien longtemps.

Toutefois, le chasseur ayant deviné les mauvaises intentions du loup, se dirigeait chez la grand-mère, d'un pas accéléré, tenant son fusil chargé, prêt à partir.

Il parvint à vingt mètres de la jolie demeure. Le silence était total et inquiétant.

— Serais-je arrivé trop tard? se dit le chasseur penaud.

Il avait hâte de franchir les quelques mètres qui lui restaient à parcourir.

Il se hâtait, quand une petite voix le fit se retourner : c'était Mimie qui l'appelait.

– Qu'y a-t-il? interrogea le chasseur.

La souris l'invita à la suivre de l'autre côté de la maison.

Et là, que vit notre chasseur?

Le loup, ni plus, ni moins, étendu à l'ombre d'un gros arbre, qui dormait d'un sommeil lourd.

Rien d'étonnant à cela, il avait tellement mangé qu'il n'en pouvait plus.

Mais le chasseur était désespéré. Que faire?

Il s'empara de son couteau et fendit vivement
le ventre du loup, d'où la grand-mère et la petite
fille sortirent un peu ahuries.

— Que s'est-il passé? Avons-nous fait un mauvais
rêve? demandèrent-elles au chasseur.

Celui-ci les réconforta de son mieux et mit des pierres
à leur place dans le ventre du loup cruel.

— Et maintenant dit la grand-mère, allons tous reprendre des forces chez moi.

On ne se fit guère prier. Les galettes accompagnées d'un thé exquis furent englouties volontiers, et si le chasseur se montrait ravi, Mimie, pour sa part, se léchait les babines.

— Un festin comme ça, je n'en ai pas à me mettre sous la dent tous les jours, dit-elle.

Quant au loup? Hé bien, lorsqu'il se réveilla, il se sentit pesant et décida d'aller boire à la rivière, pour digérer son gros repas. Mais il se pencha trop sur l'éau et fut entraîné par le courant. Il fut noyé… tout bêtement.

Le petit Poucet

Une famille de bûcherons comprenait sept enfants :
sept garçons pour être précis. Le plus jeune d'entre eux
était si petit qu'on l'avait appelé le petit Poucet. Toutefois, son intelligence compensait sa taille minuscule.

La pauvreté se faisant de plus en plus sentir dans le foyer, le père résolut de perdre ses enfants dans la forêt, puisqu'il ne pouvait plus les nourrir.

Il s'y résigna, la mort dans l'âme.

Il eut pour cela un long entretien avec sa femme, le soir, devant l'âtre, alors que les enfants dormaient.

— Je ne peux pas faire autrement, conclut-il.

Et sa femme pleura.

Mais le petit Poucet qui ne dormait pas et avait surpris la conversation, se hâta, au lever du jour, de remplir ses poches de petits cailloux blancs. Il avait son idée.

Parents et enfants se mirent en marche. Jamais ils ne s'étaient enfoncés si profondément dans les bois, jamais non plus, le père ne leur avait tant demandé de bois à couper.

Ils étaient surpris, mais n'en laissèrent rien voir.

Absorbés par leur besogne, ils ne s'aperçurent de leur abandon qu'une fois le soir venu.

Il se mirent à pleurer mais le petit Poucet les rassura :
— Ne vous inquiétez pas. J'ai semé des cailloux tout
au long de la route.

Et en effet, chaque caillou sur le chemin indiquait la direction de la chaumière.

Soudain, Poucet s'écria :

– Voilà la maison, la lumière brûle encore !

Les parents furent heureux de les revoir ; mais malheureusement la situation devint encore pire.

Aussi, quelques jour plus tard, il fallut envisager la même pénible solution, c'est-à-dire : perdre les enfants dans la forêt.

Mais cette fois, ce fut dramatique. En effet, le petit Poucet n'eut pas le temps de remplir ses poches de cailloux, et il se contenta de semer tout au long du parcours, des miettes de sa tranche de pain.

Hélas ! le soir, quand il voulut reconduire ses frères à la chaumière, force lui fut de reconnaître que cela était impossible.

Les oiseaux avaient tout mangé, et il n'y avait plus aucune trace permettant aux enfants de retrouver leur chemin.

Poucet grimpa sur un arbre. Il aperçut la lumière d'une maison.

— Allons-y ! s'écria Poucet, nous trouverons bien refuge pour cette nuit au moins.

La femme qui les accueillit s'exclama désolée :

— Vous êtes chez l'ogre, fuyez vite !

Mais le petit Poucet supplia tant et tant, qu'elle se laissa convaincre. Elle leur servit un excellent repas, et les cacha ensuite de son mieux...

Lorsque l'ogre revint, il sentit tout de suite l'odeur des enfants, et il ne fut pas long à découvrir les petits couchés dans un grand lit. Cependant, il décida :

— Je les mangerai demain matin.

Dans un autre lit dormaient les sept filles de l'ogre. Elles portaient sur leurs têtes des couronnes d'or.

Petit Poucet qui ne dormait pas, alla les ôter pour les déposer sur la tête de ses frères et la sienne. Ainsi, se sentit-il plus rassuré.

Et de fait, l'ogre, au milieu de la nuit, se leva, tâta les têtes nues et les coupa.

Il fallait agir vite.
Petit Poucet réveilla
ses frères et les pria de
ne pas faire de bruit. A
l'aide de draps, il se
laissèrent glisser le
long de la fenêtre de la
chambre, puis arrivés
au sol, se mirent à cou-
rir aussi vite que pos-
sible. Il ne fallait pas
que l'ogre se rende
compte de ce qu'il
avait fait tout de suite,
ou ils étaient perdus.

Mais le lendemain,
ce fut un drame.

— Ah! cria l'ogre
d'une voix de ton-
nerre, ils m'ont eu les
chenapans! mais ils
vont voir!

Il chassa ses bottes
de sept lieues et
s'élança à la poursuite
des malheureux
enfants.

Les kilomètres défilaient à vive allure, et l'ogre allait tellement vite qu'il se sentit soudain fatigué.

— Bah! se dit-il, je vais m'étendre un moment pour dormir quelque peu. Les enfants ne peuvent pas m'échapper de toute façon.

Aussitôt dit, aussitôt fait. Notre ogre s'allongea sur le sol herbeux et se mit à ronfler dans les deux minutes qui suivirent.

Le petit Poucet et ses frères, dissimulés dans les hautes herbes, s'approchèrent de l'ogre endormi, lui ôtèrent ses bottes que Poucet chaussa.

Et vite, vite, se tenant tous par la main, ils retournèrent chez eux en un temps défiant toute concurrence.

— Avec ces bottes magiques, dit Poucet à ses parents, je peux gagner ma vie.

Grâce à cette facilité de déplacement, Poucet fit le
métier de courrier, et l'argent ne manqua plus jamais.

Hansel et Gretel

Hansel et Gretel vivaient avec leurs parents dans une chaumière située dans la forêt.

Cependant, le père n'ayant plus de travail, il fut décidé un soir, à contrecœur et à voix basse, que les enfants devraient être abandonnés dans la forêt dès le lendemain.

Certes, cela fut une terrible solution pour le père et la mère qui adoraient leur fils et leur fille.

Malgré les précautions prises par leurs parents, Hansel et Gretel avaient entendu des bribes de la conversation, et le petit garçon décida qu'ils ne seraient pas perdus dans la forêt.

A cette fin, il remplit ses poches de cailloux destinés à être semés tout au long de leur route, qui serviraient de points de repère.

Une fois arrivés au cœur de la grande forêt, les parents des enfants allumèrent un bon feu, leur donnèrent à manger, puis s'éloignèrent prétextant des coupes de bois à faire; mais le soir venu, ils n'étaient pas là.

Hansel et Gretel ne s'inquiétèrent nullement et reprirent le chemin du retour qu'ils retrouvèrent aisément grâce aux multiples cailloux éparpillés sur le chemin.

Les parents furent heureux de revoir leur fils et leur fille, mais ils durent se résoudre à les perdre de nouveau le lendemain, et plus loin encore.

Cette fois, Hansel avait laissé sur le chemin des traces peu convaincantes : des miettes de pain que les oiseaux dévorèrent.

En sorte que les enfants s'égarèrent et se retrouvèrent devant une étrange petite maison.

Elle possédait un jardinet hors du commun.

Ils découvrirent en s'approchant que les fleurs étaient des berlingots, que les murs de la maison étaient du nougat, les volets, du pain d'épice, les escaliers, du sucre candi. Le tout se couronnait d'un toit en chocolat blanc.

— Oh ! s'exclamèrent ensemble les deux petits émerveillés, voilà de quoi nous nourrir !

Et déjà, ils s'apprêtaient à cueillir deux fleurs en attendant de s'attaquer aux volets, quand une vieille apparut sur le seuil et les pria d'entrer.

— Venez mes chéris, vous aurez un bon repas.

C'était inespéré ! Hansel et Gretel n'en revinrent pas de se trouver devant une table où les mets les plus exquis rivalisaient de saveur.

Une fois repus, les enfants se levèrent et remercièrent la vieille dame.

— Ne partez pas, leur dit-elle, je le veux ainsi. Vous serez bien nourris à condition que Gretel fasse le ménage, et que toi, Hansel, tu ailles dans cette cage.

Il fallut obéir. La vieille était sorcière.

Gretel travaillait dur tous les jours, et si Hansel était dans une cage, c'était pour engraisser afin d'être mangé par l'odieuse femme.

Elle tâtait le doigt de l'enfant et le trouvait maigre : — pas encore pour aujourd'hui.

Hansel trichait : il tendait un os de poulet à la place de son doigt, car la sorcière n'y voyait que très peu.

Un jour pourtant, elle perdit patience :

— Tant pis, allume le feu Gretel. J'ai faim, moi !

La pauvre petite sentit ses cheveux se hérisser sur sa tête. Il fallait agir sans perdre de temps.

Elle s'affaira au mieux, et la sorcière demanda soudain si le four était chaud.

— Je ne sais pas, dit Gretel en souriant, comment dois-je faire?

La sorcière mit sa tête à l'entrée du four, et Gretel la poussa de toutes ses forces.

La vieille perdit l'équilibre et fut aussitôt brûlée.

Hansel sortit alors de la cage où il vivait depuis pas mal de jours, et les deux enfants quittèrent l'étrange demeure, en emportant avec eux les richesses de la méchante femme.

— Ainsi, dirent-ils, nos parents seront désormais à l'abri du besoin.

Et ils rirent volontiers.

Aux richesses de la sorcière, qui se composaient de pièces d'or, de bijoux et de pierres précieuses, les deux enfants ajoutèrent de la nourriture prise à même la maison.

Les volets de pain d'épice disparurent rapidement. C'était, avec le toit, la partie la plus nutritive de la demeure.

— Nous ne savons pas où nous sommes, nous risquons de marcher pendant de longs jours, dit Hansel à sa sœur.

Ils avaient à peine fait quelques pas, qu'une fée, sous la forme d'un cygne, les fit monter sur son dos et les transporta jusque chez eux.

Quelle joie ce fut pour les parents de Gretel et de son frère !
Quelles embrassades ! Quelle bonne soirée !
Et le bonheur s'installa pour toujours.

Jean
le
veinard

Jean le Veinard avait travaillé pendant sept ans, chez un patron. Un jour, il lui dit : «Patron, je voudrais revoir ma mère. Donnez-moi ce que j'ai gagné» et le patron lui apporta un lingot d'or gros comme une tête. Jean le mit dans son baluchon et s'en alla vers son village.

Mais la route était longue et Jean fut vite fatigué. Il rencontra un cavalier à qui il proposa d'échanger son bloc d'or contre le cheval.

Le marché fut conclu et Jean, tout heureux, sauta fièrement en selle. Mais il n'alla pas loin. La bête se cabra et le désarçonna... Boum! Voilà Jean les jambes en l'air, au milieu des herbes et des fleurs!

Il reprit son chemin, et le cheval se tint tranquille.

Bon voyage, Jean !

Il s'en alla par monts et par vaux, en pensant à sa mère.

Au début, tout alla bien. Le cheval marchait. Jean sifflait et chantait.

Il faisait, à l'occasion, un petit clin d'œil aux écureuils et aux lapins. Il n'était pas fâché d'avoir troqué son pesant lingot d'or contre un si bel animal. C'est très agréable d'aller à cheval.

On voyage sans user ses semelles.

Puis, un jour Jean rencontra un paysan :

   — Donnez-moi votre vache, vous aurez mon cheval.

   — D'accord, fit le campagnard, après avoir un peu discuté.

Jean s'en alla avec la vache et parut fort content... jusqu'au moment où il vit un magnifique porc.

   — C'est mieux qu'une vache, pensa-t-il.

   Et un autre marché fut conclu.

Jean fut heureux pendant quelque temps.

Son cochon et lui étaient inséparables.

Mais un matin, Jean n'aima plus son cochon.
— Une oie ferait mieux mon affaire, pensa-t-il

Et vous vous doutez bien que le paysan fut vite d'accord.

L'oie était gentille.

Jean ne pensait plus à son lingot d'or gros comme une tête.
Il avait oublié son cheval, sa vache et son cochon... Une oie,
c'est mieux que tout, n'est-ce pas?

Tout alla bien jusqu'au jour, où, sur une place publique, Jean aperçut un rémouleur.

«Qui a des couteaux à aiguiser?... Qui a des ciseaux?» Et l'homme pédalait et la meule tournait et l'eau la mouillait et la lame lançait des étincelles!...

Jean n'hésita pas. Si l'homme était d'accord, Jean donnerait volontiers son oie contre cette magnifique machine.

C'est alors qu'il serait fier de rentrer au village natal et d'aiguiser les couteaux de tout le monde.

Maman le regarderait avec fierté. Jean lui sourirait. Ils seraient heureux tous les deux, dans leur petite maison.

Le rémouleur prit l'oie... mais Jean ne reçut qu'une vieille meule dont l'homme n'avait plus besoin.

La route descendait très fort... Jean lâcha la lourde meule qui dévala la pente et tomba dans la rivière.

Et vous croyez, peut-être, que Jean fut malheureux?

Détrompez-vous! Au contraire, un grand bonheur l'avait envahi.

— Je suis content, se dit-il, je suis libre!

Ma chère maman m'attend!... J'arrive, Maman!...

Les petits lutins

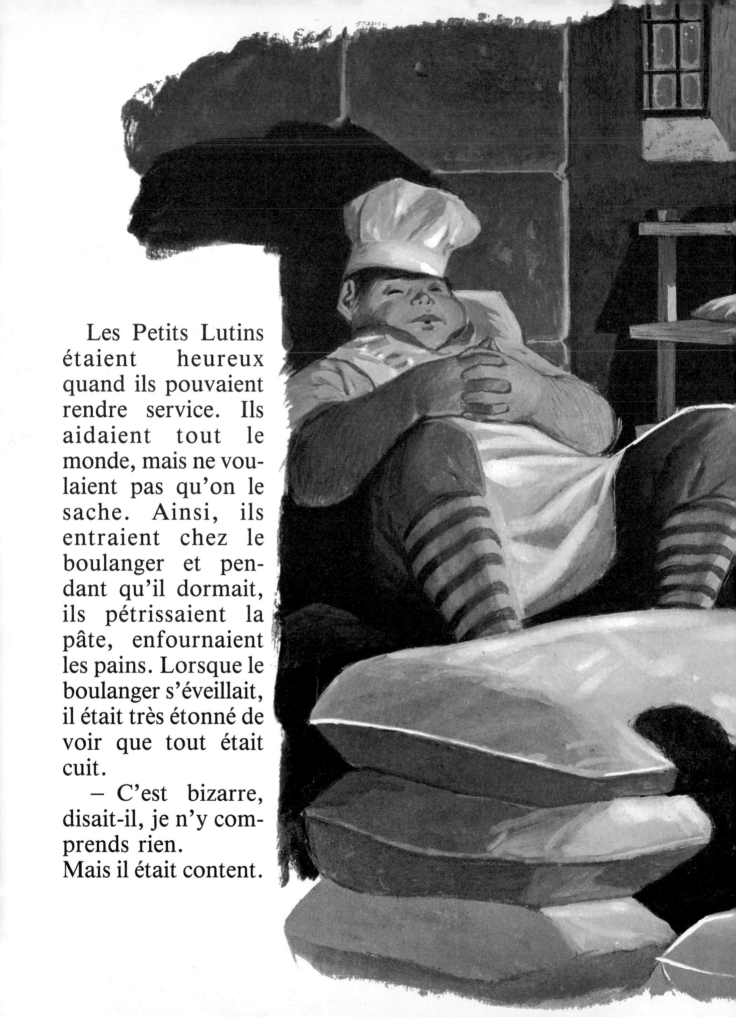

Les Petits Lutins étaient heureux quand ils pouvaient rendre service. Ils aidaient tout le monde, mais ne voulaient pas qu'on le sache. Ainsi, ils entraient chez le boulanger et pendant qu'il dormait, ils pétrissaient la pâte, enfournaient les pains. Lorsque le boulanger s'éveillait, il était très étonné de voir que tout était cuit.

— C'est bizarre, disait-il, je n'y comprends rien.
Mais il était content.

Ensuite, c'était au tour du charcutier. Pendant qu'il ronflait, nos Lutins préparaient les jambons, les boudins, les saucisses... et, le matin, le charcutier criait au miracle. Bien entendu, les Lutins avaient disparu.

Le marchand de vin buvait, de temps en temps, un petit coup de rouge… et ses yeux se fermaient.

Alors, les Lutins arrivaient dans la cave, lavaient les bouteilles, les emplissaient, les bouchaient, collaient les étiquettes.

— Tu peux t'éveiller, marchand de vin, ton travail est bien fait.

Une autre fois, les Petits Lutins allèrent au secours du tailleur fatigué qui ne parvenait pas à terminer un habit de cérémonie. Et l'on taillait, piquait, cousait pendant toute la nuit...

Mais la femme du tailleur avait entendu du bruit...

Le jour suivant, elle répandit des pois sur l'escalier. Elle se doutait de quelque chose.

Lorsque les Petits Lutins arrivèrent pour une seconde nuit de travail, ils culbutèrent, avec grand fracas, les uns sur les autres.

Leur gentillesse était bien mal récompensée.

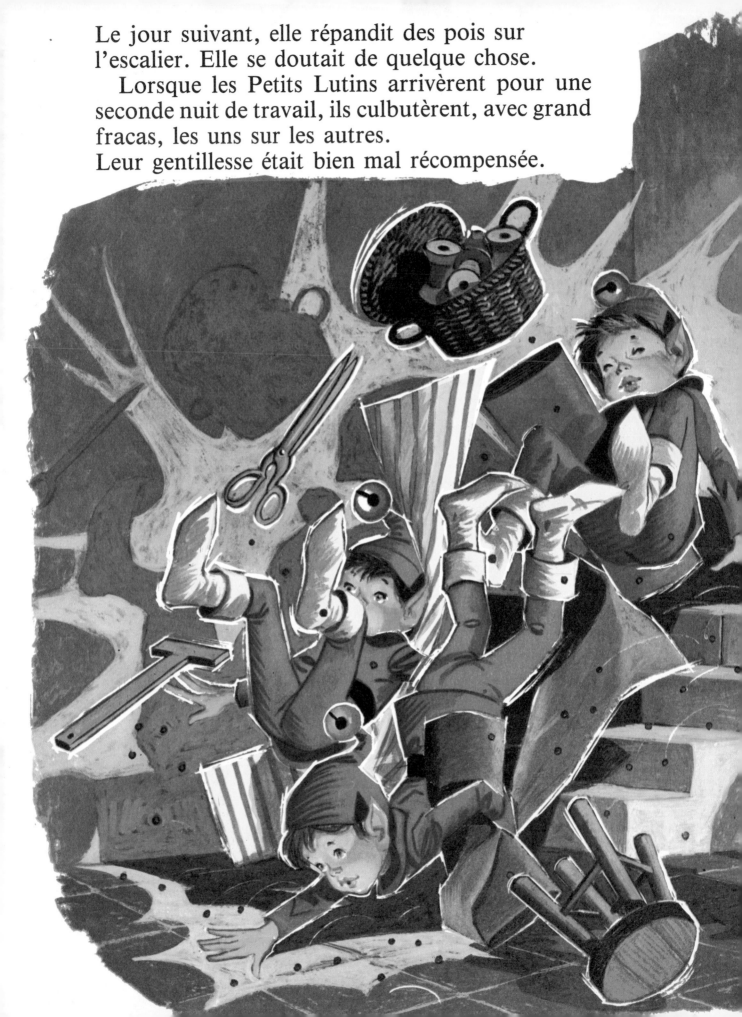

Ils se sauvèrent en riant.
Mais on ne les revit jamais plus.

Maintenant, dans la ville, tout le monde
travaille sans espoir d'être aidé.

Mais tous regrettent le temps où ils trouvaient leur besogne terminée quand il se
levaient le matin.

Il ne fallait pas chasser les Petits Lutins !

Petit frère et petite sœur

Petit frère et Petite sœur avaient pour marâtre une femme méchante qui les battait et leur donnait juste de quoi ne pas mourir de faim. Ne pouvant plus supporter de vivre auprès d'elle, ils décidèrent de quitter la maison.

Après avoir erré longtemps, ils s'arrêtèrent enfin, bien fatigués, au cœur d'une forêt.

Le lendemain matin,
ils cherchèrent une fontaine car
ils avaient grand-soif. Mais entre-
temps la méchante femme, qui était
aussi sorcière, avait jeté un sort sur
toutes les sources de la forêt.

— Si quelqu'un boit de mon eau,
il sera changé en tigre, dit la première
source.

— Il deviendra loup, murmura la
deuxième.

— Il sera changé en chevreau,
déclara la troisième.

Mais Petit frère ne put résister et
but à même cette source. Instantané-
ment il devint un jeune chevreau.

Petite sœur se mit à pleurer puis
attacha son collier autour du cou du
chevreau et elle l'emmena avec elle.

Ils arrivè-
rent ainsi à une
petite maison aban-
donnée et ils s'y installè-
rent. Un jour la chasse du roi
vint dans ces parages. Le chevreau
fut pris du désir de participer à la
chasse et il s'échappa. Le joli chevreau
attira l'attention du roi qui le poursuivit, sans
réussir à l'atteindre.

Le jour suivant, la chasse reprit et le beau chevreau au collier s'échappa encore. Le roi ne le perdit pas de vue et c'est ainsi qu'il le vit rentrer dans la maisonnette. Surpris, le roi y pénétra à son tour. Il fut charmé d'y découvrir une ravissante jeune fille.

— Voulez-vous devenir ma reine? lui proposa-t-il.

Petite sœur accepta à condition de pou-
voir emmener son chevreau. Le mariage eut
lieu sans tarder au milieu de l'allégresse
générale. Quant au chevreau, il s'ébattait
à son aise dans un parc qui lui était réservé.

Un an plus tard, la jeune reine eut un fils, un bel enfant blond qui devint la joie du palais.

Cependant la méchante sorcière se sentit folle de rage en apprenant que la chance avait souri à Petite sœur et Petit frère et elle se prépara à détruire leur bonheur. Pendant des heures elle chercha comment leur faire le plus de mal possible. Après avoir bien réfléchi, elle trouva enfin le moyen de jouer un mauvais tour à ceux qu'elle détestait.

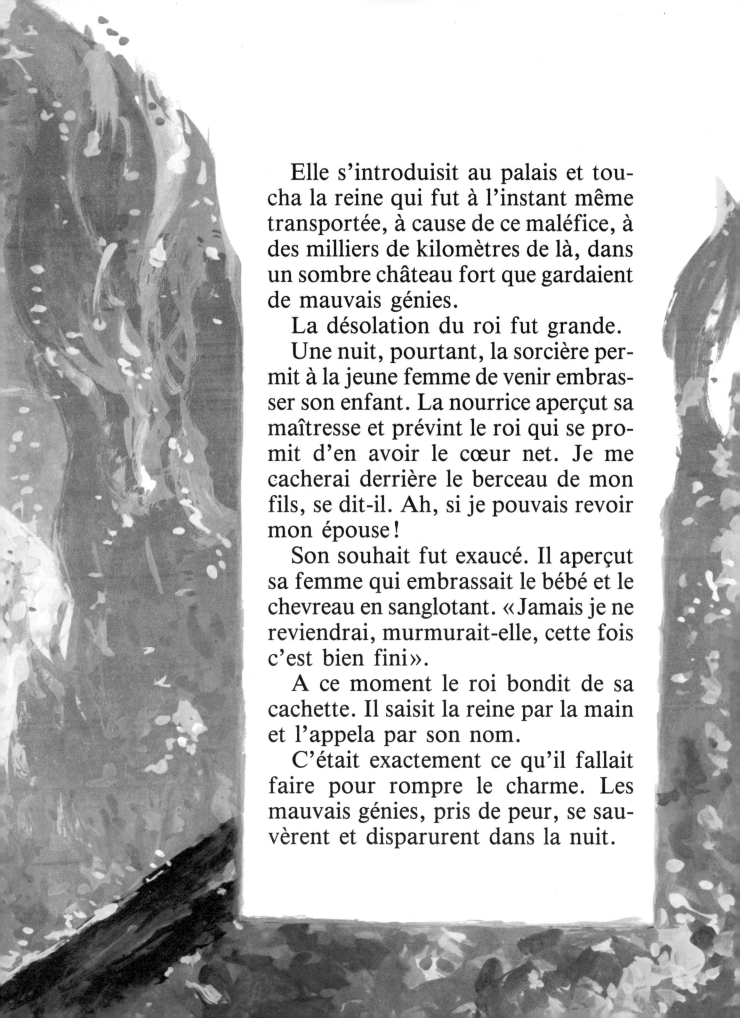

Elle s'introduisit au palais et toucha la reine qui fut à l'instant même transportée, à cause de ce maléfice, à des milliers de kilomètres de là, dans un sombre château fort que gardaient de mauvais génies.

La désolation du roi fut grande.

Une nuit, pourtant, la sorcière permit à la jeune femme de venir embrasser son enfant. La nourrice aperçut sa maîtresse et prévint le roi qui se promit d'en avoir le cœur net. Je me cacherai derrière le berceau de mon fils, se dit-il. Ah, si je pouvais revoir mon épouse !

Son souhait fut exaucé. Il aperçut sa femme qui embrassait le bébé et le chevreau en sanglotant. «Jamais je ne reviendrai, murmurait-elle, cette fois c'est bien fini».

A ce moment le roi bondit de sa cachette. Il saisit la reine par la main et l'appela par son nom.

C'était exactement ce qu'il fallait faire pour rompre le charme. Les mauvais génies, pris de peur, se sauvèrent et disparurent dans la nuit.

Quant à la sorcière, elle n'eut pas le temps de prendre la fuite. Lorsque le roi eut compris qu'elle était la cause de tout, il dit : «Justice sera faite.» La méchante femme fut condamnée. A l'instant de rendre l'âme, il se produisit quelque chose d'étrange : Petit frère reprit sa forme humaine. Depuis ce moment la joie ne cessa de régner au palais du roi et de la reine.

Le roi, Petite sœur et Petit frère furent heureux, si heureux même que depuis on n'a plus vu cela sur la terre.

Le vilain petit canard

Maman Cane avait couvé patiemment et maintenant ses petits sortaient de leur coquille, les uns après les autres. Même le plus gros des œufs venait de s'ouvrir en mettant au jour un petit qui était singulièrement grand et couvert d'un vilain duvet gris.

— Pour moi c'est un dindon, dit une vieille cane qui passait par là.

Un peu inquiète, Maman Cane conduisit sa couvée à l'eau. Les petits se mirent aussitôt à nager, y compris le vilain gris. Rassurée, Maman Cane se dirigea vers la basse-cour.

— Restez près de moi, dit-elle, je vous présenterai à tout le monde.

— Allons saluer le vieux canard qui se promène là-bas, dit-elle encore. Tenez-vous bien pour ne pas me faire honte. C'est un personnage important.

Le vieux canard complimenta la cane mais il ne cacha pas qu'il trouvait le gros vilain gris tout à fait raté.

— Il changera en grandissant, fit la cane, d'ailleurs il nage déjà très bien.

Hélas, le vilain canard devint le souffre-douleur de chacun ! Comment peut-on être si laid ? entendait-on de tous côtés. Le dindon le poursuivait et le chien aboyait terriblement quand il l'apercevait.

Humilié, malheureux, le vilain petit canard
décida de partir sous d'autres cieux. Caché parmi
les roseaux, il regarda une dernière fois, la larme
à l'œil, ses petits frères à qui il ne ressemblait pas.

Il atteignit des étangs et y vécut seul.
L'automne venu, il vit un jour un vol d'oiseaux
magnifiques, au long cou flexible et d'une blan-
cheur immaculée. C'étaient des cygnes.

Pendant l'hiver, il faillit mourir de froid plus d'une fois. Quand ce fut enfin le printemps, le canard osa un jour gonfler ses ailes. Il comprit qu'elles s'étaient fortifiées. Et quand les cygnes revinrent ils lui firent fête en le caressant du bec. Le vilain petit canard était devenu un superbe cygne.

Boucle d'Or
et les 3 ours

— Ne t'éloigne pas trop, recommanda la Maman à Boucle d'Or.

La petite fille promit d'obéir mais en cours de route les arbres, les fleurs, les papillons et les oiseaux semblaient lui faire signe. Elle avançait avec sa poupée quand tout à coup elle se trouva en pays inconnu.

Or, dans ces parages, vivait une famille d'Ours, le père, la mère et leur bébé.

Ce matin-là, Maman Ours avait préparé une marmite de soupe. Elle l'avait partagée entre trois bols; puis toute la famille était allée faire un tour afin de s'ouvrir l'appétit. Quel bon déjeuner on ferait en rentrant.

En regardant autour d'elle, Boucle d'Or aperçut une petite maison nichée sous de grands arbres. C'était la plus jolie maison qu'elle eût jamais vue, avec un toit de chaume et une cheminée de briques roses. Boucle d'Or désira follement y pénétrer. Elle posa la main sur la poignée de la porte qui s'ouvrit.

La belle petite table qu'elle découvrit en entrant ! Trois bols de soupe fumaient en attendant les convives. Boucle d'Or avait faim ; elle plongea une cuillère… Dans le grand bol, la soupe était trop chaude, dans le moyen, trop froide, dans le petit, elle était à point. La petite fille s'en régala.

Boucle d'Or ressentit alors la fatigue de son escapade. Elle prit l'escalier et pénétra dans une chambre qui était meublée de trois lits. Le grand était fort dur, le moyen trop mou. Le troisième, heureusement, se montra à la convenance de l'enfant qui s'y coucha.

Pendant ce temps les trois Ours regagnaient leur maison.

Ils s'aperçurent aussitôt que quelqu'un s'était introduit chez eux. Papa Ours grogna.

— Qui a touché à ma soupe?

— Et à la mienne? se plaignit Maman Ours.

Bébé Ours se mit à hurler.

— Il ne m'en reste plus.

Une poupée, sur l'escalier, les intrigua.

Ils eurent une fameuse surprise en découvrant Boucle d'Or dormant sous le duvet de Bébé Ours. Mais elle était si mignonne que leur colère fondit.

Cependant Boucle d'Or s'éveilla et prit peur. Elle comprit qu'elle se trouvait dans la maison des Ours et elle s'enfuit à toutes jambes.

Blanche-Neige
et les
7 nains

C'était l'hiver. Une reine très belle était assise auprès de sa fenêtre et brodait. De temps à autre, elle levait les yeux de dessus son ouvrage pour regarder tomber la neige qui recouvrait la campagne d'un grand manteau frileux.

— Oh! s'exclama la jeune femme, comme j'aimerais, moi qui attends un enfant, que celui-ci ait la peau aussi blanche que la neige, les lèvres aussi colorées que le sang, et les cheveux noirs comme l'ébène.

Cependant, après avoir mis au monde une petite fille qui comblait son vœu et qu'elle appela Blanche-Neige, la souveraine ne se rétablit pas et mourut.

Le roi en éprouva un profond chagrin et demeura longtemps prostré, puis il décida de donner une seconde mère à sa fille et épousa une femme d'une dangereuse beauté.

Cette nouvelle souveraine était en fait une sorcière qui détesta tout de suite la princesse et lui mena dure vie.

Toujours devant son miroir magique, elle l'interrogeait :
— Miroir, ôte-moi d'un doute.
    Suis-je la plus belle de toutes?
Et le miroir lui répondait affirmativement.

Un jour, pourtant, il s'y refusa : — Non, ma reine, et j'en ai de la peine...

— Et qui me détrône dans le
domaine de la beauté?

— Blanche-Neige, la princesse; elle est plus belle que le jour,
plus ravissante qu'une nuit d'été constellée d'étoiles.
Mais la méchante souveraine ne l'entendit pas ainsi. Elle décida
de supprimer sa rivale et pour cela, elle appela un chasseur
et lui ordonna de tuer la princesse au fond des bois.

Le chasseur alla chercher la jeune fille et lui proposa une promenade.

Mais arrivé sur les lieux et au moment d'accomplir son crime le chasseur supplia la princesse de s'enfuir.

Eperdue, la jeune fille se mit à courir
droit devant elle. Le serviteur retourna au château et déclara
que l'ordre avait été exécuté. La mauvaise femme s'en montra satisfaite.

— Ainsi, dit-elle à mi-voix, je suis maintenant la plus belle.
Pendant ce temps, Blanche-Neige finit par s'arrêter et
regarda autour d'elle : des oiseaux, des écureuils, des lapins,
s'étaient attachés à ses pas.

Ainsi escortée, la princesse arriva dans une clairière où se
trouvait une petite maison.

Elle frappa à la porte, et comme personne ne répondait, elle entra.

Etait-ce une maison pour enfants? Sur la table, il y avait sept petites assiettes et sept petits verres.

Blanche-Neige goûta un peu des légumes disposés dans les assiettes, but un peu de vin à chaque gobelet, puis chercha un lit où se reposer.

Elle en trouva sept dans la petite chambre, et s'allongea sur tous, en travers.

Dans la montagne, les propriétaires de la maison travaillaient du matin au soir. C'étaient les sept nains. Ils cherchaient des pierres précieuses et en trouvaient beaucoup.

Quand ils revinrent le soir chez eux, ils se regardèrent surpris.

Ils se précipitèrent en désordre jusqu'à la chambre où ils découvrirent Blanche-Neige endormie.

— Je savais qu'on était venu, dit l'un des nains, mais j'ignorais que c'était une aussi jolie fille.

La belle enfant !

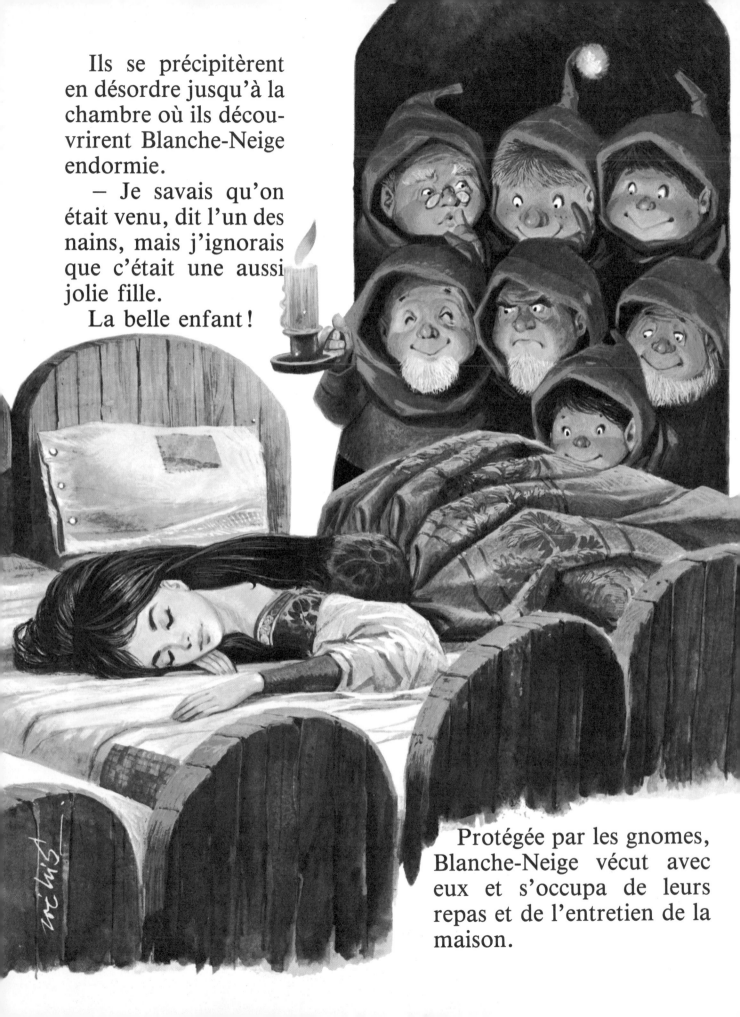

Protégée par les gnomes, Blanche-Neige vécut avec eux et s'occupa de leurs repas et de l'entretien de la maison.

Toutefois, ayant interrogé son miroir, la sorcière apprit que la princesse vivait toujours. Elle résolut de la faire mourir sans plus attendre, et de sa propre main.

Elle se rendit dans un souterrain où elle possédait des poisons, et prépara une pomme fort appétissante d'aspect.

Cependant, la plus petite bouchée serait mortelle.

Satisfaite, la reine se déguisa en paysanne, puis se dirigea vers la maison des sept nains où Blanche-Neige chantait en faisant le ménage.

En voyant cette pauvre vieille qui lui demandait de se reposer un moment, la jeune fille prise de compassion la fit asseoir et lui offrit des rafraîchissements.

– Merci, dit la sorcière en partant, accepte cette pomme, tu es si gentille!

Blanche-Neige croqua la chair du fruit et s'écroula.

— Ah ! ah ! ricana la sorcière en enjambant la princesse, tu es morte à présent !

Dès qu'elle s'en alla, le ton-
nerre gronda, les éclairs sillon-
nèrent le ciel, la pluie tomba.

A leur retour, les gnomes
comprirent que la méchante
reine était venue et avait tué
leur charmante amie. Com-
ment cela avait-il pu se faire ?
Personne ne s'aventurait
jusqu'à leur maison.

Probablement, la méchante
reine avait-elle été prévenue.
Mais par qui ? C'était à s'arra-
cher les cheveux !

Leur chagrin fut immense et leur colère envers la sorcière extrême. Mais comme ils ne pouvaient pas se résigner à enterrer la ravissante jeune fille, ils lui préparèrent un cercueil de cristal où ils la couchèrent.

Ainsi, elle paraissait dormir et elle était encore plus jolie.

Le cercueil fut installé dans la forêt parmi les arbres, et tous les matins, les nains venaient voir la jeune princesse.

Ils allaient ensuite à leur travail, le cœur lourd, les larmes aux yeux; ils aimaient tant Blanche-Neige...

— Nous sommes perdus sans toi, disaient-ils.

Il advint qu'un jour, un jeune cavalier passa près du cercueil. Surpris, il s'approcha et contempla, la belle princesse.

Lorsque les nains arrivèrent comme tous les matins, ils
racontèrent au prince, la navrante histoire de Blanche-Neige.

Emu, le jeune homme demanda l'autorisation d'emmener le corps de la princesse.

— Je vous en prie, dit-il, je serais si heureux!

Les nains discutèrent entre eux, longtemps. Ils ne se résignaient pas à se séparer de ce qu'ils avaient de plus cher au monde.

Enfin, ils acceptèrent.

— Vous êtes si gentil!

Le prince mit alors pied à terre, s'approcha du cercueil et souleva doucement la tête de la jeune fille.

Dans le mouvement, les lèvres de Blanche-Neige rejetèrent le poison.

La princesse ouvrit alors les yeux, s'étonna aussitôt :

— Mais où suis-je? Que m'est-il arrivé? Qui êtes-vous?
Elle regarda le beau jeune homme et lui sourit.

Le prince lui apprit qu'il venait de la voir endormie dans
le cercueil de cristal, et les nains dévoilèrent à Blanche-Neige
ce que la méchante sorcière avait fait. Puis le prince demanda
à la jeune fille de l'épouser.

— Accepte, Blanche-Neige, dirent les nains émus, nous irons
souvent te voir dans ton château. Tu seras heureuse.

Le prince et Blanche-Neige vécurent heureux. Ils eurent des enfants : sept, et naturellement chacun des nains fut le parrain de l'un d'eux.

On n'entendit plus jamais parler de la sorcière.

Cendrillon

Il était une fois un gentilhomme qui avait une jeune fille. Il tomba veuf et se remaria. Sa nouvelle femme avait deux filles aussi laides et aussi méchantes qu'elle. La fille du gentilhomme fut chargée des besognes les plus rudes et on l'appela Cendrillon.

Un jour, le roi donna un bal et invita les deux demoiselles. Que leurs robes étaient belles ! Cendrillon aussi, aurait aimé aller au bal du roi, mais personne ne pensa à l'inviter.

Cendrillon était bonne.
Elle coiffa les demoiselles
et les habilla de son mieux.
Puis le grand jour arriva.
Un carrosse avec laquais
s'avança et les demoiselles
y prirent place. La pauvre
Cendrillon les regardait en
pleurant.

Cendrillon avait une
marraine qui était fée. «Je
voudrais aller au bal,» lui
dit Cendrillon.

«Eh bien, tu iras. Sèche
tes larmes et va me cher-
cher une citrouille.»

Cendrillon obéit. Sa marraine eut tôt fait de creuser la citrouille, puis d'un seul coup de sa baguette, elle la transforma en un carrosse doré. Six souris devinrent des chevaux et un rat se métamorphosa en un cocher à moustaches, tandis que six lézards se changèrent en laquais.

— Merci, marraine, dit Cendrillon, mais je ne puis me rendre au bal avec mes vilains habits.

La fée toucha Cendrillon de sa baguette. Et Cendrillon fut couverte d'habits étincelants de pierreries. Puis la fée lui donna de jolies pantoufles de vair.

Et Cendrillon partit pour le bal, en promettant bien à sa gentille marraine de revenir avant minuit.

Après minuit, dit la fée, le carrosse redeviendra citrouille, les chevaux des souris, le cocher un rat, et les laquais des lézards.

Le fils du roi accueillit Cendrillon et l'aida à descendre du carrosse.

Quand elle pénétra dans la salle, on cessa de danser et les violons ne jouèrent plus.

– Qu'elle est jolie! s'exclamait-on de tous côtés. D'où vient cette princesse inconnue? Jamais on n'avait vu une robe aussi belle ni des bijoux aussi merveilleux. Elle doit être très riche puisqu'elle a un carrosse doré.

Elle faisait la révérence
avec une grâce incompara-
ble. Le fils du roi ne la quitta
pas un seul instant. Quant à
ses sœurs, elles ne la recon-
nurent pas. Soudain Cen-
drillon entendit sonner onze
heures trois quarts.

Elle s'en alla aussitôt
après avoir salué tout le
monde.

Quand elle rentra à la maison, elle alla trouver sa marraine et lui fit part de son désir de se rendre, une nouvelle fois, au bal, le lendemain.

Le lendemain, Cendrillon plus jolie que jamais, fit une entrée triomphale dans la salle du palais. Le fils du roi dansa avec elle jusqu'à minuit. En entendant sonner l'heure, Cendrillon s'enfuit. Dans sa course, elle perdit une de ses pantoufles de vair et le fils du roi la ramassa.

Comment faire pour retrouver sa propriétaire. Le prince fit savoir, dans tout le royaume, qu'il épouserait celle dont le pied entrerait dans la pantoufle. On apporta celle-ci chez les deux sœurs qui firent tout leur possible pour y faire entrer leur pied.

Quand le tour de Cendrillon arriva, on constata que la chaussure de vair convenait parfaitement à son pied. Cendrillon fut conduite au Palais royal où le prince s'empressa de l'épouser. Cendrillon pardonna à ses deux sœurs et leur donna une place dans son palais.

N° d'impression : 915984
© Editions HEMMA

Imprimé en Tchécoslovaquie juin 86
Edition juin 86